句集

木曽の空

立松修治

目次

春……5
夏……37
秋……73
冬……113
新年……143
エッセイ……149
あとがき……154

装幀・挿画　石本ゆう子

句集　木曽の空

立松　修治

春

木曽馬の鬣《たてがみ》光る春の風

御嶽は静かなりとて牧開く

「俳句界」17・8　今瀬剛一・秀逸

御嶽の噴煙静か蕗の薹

木の芽風御嶽仰ぎ櫛挽きぬ

鳥居峠越えて初音の道祖神

コンビニも無き過疎なれど蕗の薹

伊勢屋より越後屋の燕囂《かしま》しや

漆塗る座職に床の花の冷

初燕卯建かすめて宿場町

五平餅焦げたる匂ひ水温む

初つばめ木曽の大橋潜りくる

つばくらめ木曽の塗師の深廂

春の水家々に寄り奈良井宿

被災地に牛放浪し田螺鳴く

「俳句界」17・8　高橋将夫・秀逸

陽炎へる橋を少年渡り切る

「俳句界」17・10　今瀬剛一・秀逸

蔵の町おぼろに靡く時の鐘

蔵の町黒き瓦にぼたん雪

瀬の音を聞きつ湯宿の夕桜

花万朶芭蕉普請の神田川

「俳句」20・12　岩岡中正・秀逸

夕桜菊坂眺む炭田坂

鶯餅にはかに句座の和みけり

堰落つる水滔々と雪解かな

ベランダに身を乗り出して春の月

水底に末吉の籤《くじ》春の川

湧水の砂騒めきて春兆す

ジーパンをさつと脱ぎ捨て海女生る
海苔焙る和解せぬ間の訃の知らせ

柳みな川面に垂れ水の郷

つぎつぎと羽化するごとく辛夷咲く

疎開して茶摘覚えし狭山かな

「俳句界」18・9　大串　章・秀逸

引揚げのこと語らぬ母や黄砂降る

手放せと言ひし倅が代田掻く

「俳句界」18・9　辻　桃子・秀逸

接心の大寺に聞く初音かな

鵜飼果つ月の長良川《ながら》のふたりかな

君住むと言ふ街の角春の雪

花菜畑遥かなふたり浮き沈む
あの頃へ戻れるならば蕗の薹

背戸開けて初音の声を探しけり

藤棚に讃美歌流る日曜日

藤の花愛でて蕎麦食ふ秩父かな

海老蔵の毛振りのごとし藤の房

四方より老幹支へ藤の花

コロナ禍で

句敵に会はず一年春惜しむ

真砂女の忌笠子の棘の痛さかな

電気ブラン呷《あふ》り六区を荷風の忌

猫ねむる去年は母の藤寝椅子

春愁や鬱《うつ》と言ふ字の書けぬまゝ

もう今日は数へ余れり梅の花

腕名札外し退院つばめ来る

甘いもの買はないはずの鶯餅
「明日の友」(婦人之友社)197号　鈴木栄子・秀逸

金平糖散りばめしごと犬ふぐり

鈎引くスーツ姿の新社員

ビビアンリーの我儘が好き菫咲く

「俳句」19・8　小林貴子・秀逸

寒明けて亀の子束子替へにけり

終活を終へてはみたが春暮るる

土筆摘むこの道かつて滑走路

コロナ禍で

行く春や根岸の庵は閉ぢしまゝ

若鮎の煌めき走る早瀬かな

「ヨイトマケの唄」どこからか多喜二の忌

夏

交番にたそがれどきの釣忍

第20回「たんば青春俳句祭」20・12細見綾子賞入選

菖蒲湯の肌を刺したる葉先かな

以下四句「栴檀」18・9 191号 栴檀集の巻頭
辻恵美子・矢田邦子 共選

鯉のぼり大漁旗を天辺に

黒南風や銀座稲荷に燭灯る

風薫る郡上禅寺の水琴窟

一両分草引かれあり木曽の駅

「あなたの駅前物語」句会18・9 黛まどか・特選

あづみ野の短き夏や道祖神

天井に駕籠吊る古寺若葉風

馬籠から妻籠へ延びる虹の足

「明日の友」（婦人之友社）168号　鈴木栄子・秀逸

小淵沢降りれば八《や》ケ岳《つ》の星涼し

前に八《や》ケ岳《つ》裏に甲斐駒大夕焼

雷鳥の親子に譲る尾根の道

一人旅塩烏賊焙る伊那路かな

夏帽子やはり渋めの白買ひぬ

「俳句」16・10　山西雅子・秀逸

夏帽子河童橋から奥穂高

箱根芦ノ湖にて

万緑や湖を出られぬ海賊船

アイゼンもピッケルも錆び梅雨深む

滝落ちて鬼怒本流へ一筋に

河童でるかこんな遠野の木下闇

講宿の厠の桟に守宮かな

本陣の土間をツツツと守宮かな

荒磯海を我先に出んと昆布舟

勝浦の路地に鯵干す生活かな

つま先に流れる砂や鱚釣りぬ

引波に素足むずかゆ九十九里

街道に小鰺干されて相模湾

漁火のぽつりぽつりと夜涼かな

大南風犬吠崎の怒濤かな

炭団坂ふり返り見る大夕焼

雲の峰隧道抜けて伊奈広し

花折つて来ますと藪《やぶ》へ夏帽子

俳諭は止めてと妻や初鰹

山川草木眠りを覚ます鵜飼の火

「お黙り！」と美川憲一パリー祭

木洩れ日やかるの子丸く藻畳に

麦秋や皿をはみ出す海老フライ

東大三四郎池にて

ホトトギス池のほとりの師弟句碑

湧き水にくるくる動く西瓜かな

頓《ひたすら》にみんな下向き西瓜喰ふ

図書館のデカ盛りカレー麦の秋

「俳句界」20・10　辻　桃子・秀逸

生ビール注ぐ名人の泡加減

黒南風やお伝の墓に缶の酒

梅雨寒の芸者小走り神楽坂

糠床へ芥子たつぷり大暑かな

山古志のスーパーで売る緋鯉かな

銭湯の煙突残る凌霄花

どこよりか黒人霊歌梅雨に入る

梅雨深しジーン・ケリーも舞ひ出でし

補聴器と眼鏡と義歯と梅雨に入る

慶応も早稲田も落ちて柏餅

嵩上げのコンベア唸る夏の空

紫陽花や白から変はる時の色

身を縮め谷中の猫や戻り梅雨

真打となりて疎遠や雲の峰

ぽろぽろと落ちてまた落つ柿の花

湯上りのコーヒー牛乳夏兆す

ゴジラ像睨む日比谷の酷暑かな

落し文男はいつも解きたく
消える虹たちまち君に会ひたくて

十薬を摘んで銃後を守りしが

「梅檀」18・11 課題句〝十薬〟で 角南英二・特選

ころもがへ平均寿命五日過ぐ

うなぎ喰ふ黒光りするテーブルで

「俳句界」16・11　佐藤麻積・秀逸

篦鮒の竿納棺し走り梅雨

泰山木の花を仰ぎて退院す

雨降りてぬつと出てくる蟇

落ちてまた堰堤登る山魚かな

尺山女もんどり打つてばれにけり

傘雨忌やうはうは食らふ泥鰌鍋

「俳句界」21・4　加古宗也・特選

サングラスかけても寂し背中かな

秋

秋深む子規の机の膝の孔

「俳句界」17・12 坂口緑志・特選

接心に入りたる寺や涼新た

「梅檀」18・1　課題句〝涼新た〟で　角南英二・特選

呼び捨てにできぬ妻の名赤まんま

赤蜻蛉みんな見上げる銀座かな

菊花展半被の翁誇らしく

三羽来て五羽来てついに鷹柱

秋暮るる粗き海女小屋欠け鏡

白桃の筋真つ直ぐや処女なりき

「俳句界」17・1　高橋将夫・秀逸

雁渡る銀座和光の時計台

硯洗ふ母したように丁寧に

手汚れの母の歳時記秋灯下

髭一本のこし馬追飛びにけり

句会果てどうのこうのと温め酒

秋天や鵯の一声薬師堂

顔寄せて袋を解く今年米

印籠を持たぬ黄門捨て案山子

「俳句界」18・2　行方克己・秀逸

朴の葉の音積むごとく落ちにけり

朝顔や女工哀史の峠道

ぶどう熟る丘から眺む甲斐の夜

信濃路や葡萄棚ある駅ホーム

葡萄熟れ塩尻駅を発つあづさ

生身魂熊胆《くまのい》探す薬箱

ホチキスの針集めゐる生身魂

「俳句」18・2　対馬康子・秀逸

シベリアてふ菓子は食べない生身魂

ラーゲリの話少なく生身魂

「俳句界」17・2　大牧　広・秀逸

戦後一年生の時の教科書

教科書は墨塗りされて鶏頭花

連れ琵琶の平曲ながる暮の秋

「俳句界」19・11　有馬明人・秀逸

月白や小樽運河の似顔絵師

給食のすべて漆器や木曽の秋

ラ・フランス食べごろを切る女将かな

骨密度まだ大丈夫ラ・フランス

第63回「練馬俳句大会」18・10　池田澄子・入選

猿の腰掛鴨居にかかる木曽の秋

小鳥くる古き桧の能舞台

行く秋や首まで浸かる露天風呂

潮錆のクロスに凭れ破芭蕉

新涼の小さき盛塩神楽坂

皀《さい》莢《かち》の大き葉振りて子ら走る

あゝ短命なオクラの花が咲きにけり

寝てまでも騒ぎに火照る阿波踊

蔵の町古地図と歩く秋日和

秋夕焼勝鬨橋は鉄錆びぬ

シューベルト流れ土蔵の新酒かな

「俳句界」17・12　有馬明人・秀逸

グレンミラー静かに聞きし敬老日

「俳句界」18・1　鈴木しげを・秀逸

落人の村静まりて崩れ簗

鮎落ちて那須の山河は静かなり

「ねんりんピック栃木」14・10　大嶋邦子・秀逸

大輪靖宏・正賞

蕎麦の花まつたゞ中を鉄路ゆく

新蕎麦を一こね二のし母の味

山廬忌の紅葉かつ散る甲斐路かな

秋気満つ箱階段の黒びかり

自粛して猫にもの言ふ秋の暮

秋惜しむただそれだけで小海線

「俳句界」20・4　加古宗也・特選

八ヶ岳裾野灯点る良夜かな

小海線終着駅や星飛べり

アルプスの青春語る良夜かな

秋気澄む湯宿の桶の響きかな

鯊日和橋から覗く力士かな

推敲の助詞一文字の夜長かな
「俳句界」20・1　鈴木しげを・秀逸

白壁に擦れし鏝絵秋暮るる

常念岳まなかひにして走り蕎麦

オルゴールの如く逝きたし曼殊沙華

延命の処置は要らない曼珠沙華

「栴檀」19・1　課題句〝曼珠沙華〟で　角南英二・特選

鵙高音白鳳仏の欠けし指

とんぼとんぼ稲田の杭に風待ちぬ

スーパーの売場一巡あきつ去る

とんとんとんと飴切る横丁秋日和

朝顔の行灯さげて大江戸線

行く秋や通勤快速無口なり

自粛して瓜切る夜や秋暮るる

「俳句界」21・1　古賀雪江・秀逸

秋深み空港で弾く「マイウエイ」

終戦日嫌いなものは薩摩芋

墓洗ふ看取りは君と思ひしが

大国の宇宙取り合い鰡飛びぬ
「俳句界」21・3　高橋将夫・兼題〝飛〟で・特選

コスモスや採血下手な研修医

旅籠の灯釣瓶落しの木曽路かな

冬

舟頭の饒舌尽きず炬燵舟

菊坂の路地に古井戸一葉忌

菊坂のコロッケ食みて黒ショール

金魚坂登れば夕陽一葉忌

「俳句界」19・1　有馬明人・秀逸

忘れ潮引き残されて鰒《ふぐ》二匹

絵ろふそく買うて師走の蔵の町

割る度にひもじき戦後寒卵

不忍池を狭めて蓮枯れり

納豆の粘りの強く冬来る

梁鳴るや雪しんしんと奈良井宿

軒氷柱低き梲《うだつ》の奈良井宿

天平の礎石に座して小春かな

涌水に廻る水車や石蕗の花

はじまりはお鷹の道の冬の蝶

「俳句界」18・3　恋する俳句・優秀作品

猫の尾を踏んで転んで小六月

自家像の冷たき眼無言館

運慶の鋭き眼冬銀河

駅蕎麦に七味利かせて雪の夜

吊るされし塩引鮭の千の貌

水仙や富士《ふじ》山の裾野の道祖神

本通り崩れ雁木のシャッター街

おでん酒淡谷のり子のブルースで

回天てふ死に行く棺石蕗の花

「梅檀」19・3　課題句〝石蕗の花〟で　角南英二・特選

ゆりかもめビル動くかに巨船発つ

破られず黄ばんだ障子姉逝きぬ

風羅念仏洩れくる庵や日脚伸ぶ

動かずに何もせぬ日の寒さかな

中央線最高地点雪催

時雨るるや一つだけ買う漆椀

雪しまく女工哀史の伊那の道

木曽馬の内《うち》厩《まや》を出る小春かな

親馬の目が追ふ仔馬冬すみれ

鷹匠と鷹が見つめる佐久平

回廊を若き典座や大根提げ

孫悟空座つてゐそう冬の雲

はふはふと牛筋食らふ師走かな

農高の不揃ひ蜜柑贈りくる

気の荒いあの娘の父は鰤の漁夫

「明日の友」（婦人之友社）147号　鈴木栄子・秀逸

木曽谷は枯れ一色や地酒酌む

左近太の突く音速し帰り花

レインボーブリッジ潜りゆりかもめ

着膨れていつもの地下の占ひ師

テインパニストの一打に懸ける年の暮

木守柿残して庭師去りにけり

練馬大根ころよく漬かり便り書く

梅東風やペコちゃん撫ぜて神楽坂

塩パンにあれこれ詰めて春隣

忘年会袋回しで果てにけり

目覚むれば点滴の管冬の蝶

大歳の元町に聞く汽笛かな

卒寿なる母に小さく餅切りぬ

空母持ち不戦は何処へ白泉忌

探梅や武州長瀞水光る

小海線窓少し開け小春かな

新年

甲斐駒の天を突きたる初日影

金粉のお猪口で踊るお正月

握り墨しかと擂《す》り込み初日の出

ガラス窓猫を尻目に初雀

初凪や鳶が輪を描く鯛ノ浦

七草や朱き漆の匙と椀

谷戸にまづ出番を待ちぬ仏の座

私とアユ

渓流釣りを始めて四十年以上になる。

三月になりあちこちの川で解禁の知らせが伝わって来ると、釣に行きたいと言う衝動に駆られてしまう。

この時季、涸れていた谷は山々の雪解水を集めて流れ始める。手を切るような冷たい水の流れにいるのはイワナだけだ。その少し下流に行くと、ヤマメやアマゴの住む流域となる。これらの魚は特に貪欲で川虫や蛾、蜻蛉などの昆虫類を食べる。イワナは、川を渡る蛇をも食べてしまう写真もある。

少し下って川の流れが緩やかになり、川幅も広がり水温が高くなるとアユが表れる。関東近県では、渓流魚に遅れて六月一日が解禁日だ。

歳を重ねて岩場の連続する渓流の上り下りができなくなった私は、たまたま友人が栃木県烏山の那珂川の近くに住み小さなアユ釣り舟を持っていたので、一時期この釣りにすっかりはまってしまった。川へ入るためのドライタイツや重たい引き舟などの面倒な用意も必要ない、いわゆる舟の上から釣る大名釣りだ。

アユは、ほかの魚にはない多くの特徴を持っている。まず魅せられるのはその姿で、〈宝石のように美しく気品があり、香魚と呼ばれるほど香りの高い魚〉と言われている。また味はその昔将軍様に献上されたほどで、〈焼いてよし、田楽、干物、アユ飯よし〉なのだ。既に亡くなっている俳人で、銀座に小料理屋の「卯波」という店を構えていた鈴木真砂女の有名な句がある。

新涼や尾にも塩ふる焼き肴　　真砂女

カウンターで冷酒を飲みながら、焼きアユを食べているお客の至福の顔が見えるようだ。

最初にアユ釣りをした時、この魚の独特な釣り方に面喰ってしまった。ほかの川魚は餌釣りだがアユは餌を使わない友釣りなのだ。「生きたアユの鼻に環を通し、尾の後ろに錨針を付けて泳がすんだよ。そうするとこのアユをアユが追うんだよ。すると針に掛かるんだ」と友人が教えてくれた。

アユは瀬で生活している時は約一平方メートルの縄張りを持っていて、その範囲で石に付く苔を食べて生きている。ここに入って来るほかのアユを排除するために追尾する習性を利用したのが友釣りなのだ。誰が考えたのかこの縄張り行動に気が付いたのはすごいことだと思う。
しかし考えてみるとこの釣りは、とても残酷だ。先ず釣る前に囮アユを購入し長い竿に付けて魚の居そうな岩と岩の間に投げ入れて泳がす。するとアユが懸かってくる。ある時は頭に、またある時は背にとどこに懸かるか分からないが針がくいこんで可哀そうだ。さらに囮アユは、弱って泳げなくなるまで何回も囮の役目を背負わせられる。私はこのアユを次のような俳句にして詠んだ。

友釣りの傷つく鮎を鮎が追ふ　　修治

友釣りで二匹のアユを同時に引き挙げる醍醐味は、釣人にとってはたまらない感触だ。しかしある日、錨針がアユの腹を切り裂いて懸かり釣り挙がって来た時の姿を見てから自分で釣ったアユを食べられなくなってしまった。それにこの魚はあまりに短命なのだ。秋に孵化した稚魚は一旦海に下り冬を過ごす。春になると河口から上流を目指して溯上を開始し、苔を食べて成長する。秋の深まりとともに落ちアユとなって下り一生を終える。そんな短命な一年魚を友釣りや簗を作って捕獲してしまう。一年をあっという間に駆け抜けるアユが、なんとも哀れに思えてならない。

鮎落ちて山川草木静まれり　　修治

あとがき

私と俳句との関わりは、かれこれ十五年になると思う。

都立大泉高校同期の、既に物故となられている林久治郎氏が主宰で始めていた「俳遊座」と言う句会に誘われたのが始まりだった。当時この会には、金子光晴研究者の原満三寿氏が、時折宗匠として出席され指導してくださる楽しみもあった。

この会の会員はほとんど結社に属しておらず、個性のある思い思いの俳句を詠んで発表し、それをまた皆で句評して楽しむことがこの会の特色だった。そのためかしばらくすると、自分を含めてみんなの句が一見佳句に思えても俳句の基本が無いように思えて来てしまった。

私は今から七年前俳句の基本を学んでみたいと思うようになり、岐阜に拠点を置いている若手女流俳人の辻恵美子先生の「栴檀東京句会」にご縁があり入会することにした。

辻先生には、写生を通して花鳥諷詠を客観的に詠むこと、季語を大切にして生活の中の俳句を詠むこと、そして吟行はそれらの基本となると幾度となく教えられた。

先生は岐阜から一か月おきに東京へ来てくださり、「写生、写生よ！」と口が酸っぱくなるほど仰しゃりながら、東京句会の皆が詠んだ句を親切丁寧に句評してくださる。

私は傘寿になってから、なんとか一冊だけでも句集を作っておこうという気持ちが湧いてきた。一番のきっかけは、「俳遊座」で共に勉強して来た金子文衛氏が『ねりま大根』と言う第一句集を出版したことだ。彼は結社には所属していないが、朝日新聞や日本経済新聞等の俳壇に長年投句して数多の入選句がある。

彼の句で私の好きな句の四句を記す。

橡の実の色を尽くさず落ちにけり
主役にはなれなくたって酢橘かな
蜩の鳴くこの町に惚れ直す
農つなぐ練馬大根干されけり

句集を作りたいという二番目のきっかけは、令和二年の三月に急性胆囊炎で慶応病院へ緊急入院したことだ。即日胆嚢の全摘出手術をしてもらったが、一日遅かったら死に至っていたとのことだった。私は既に副腎に疾患を持っていて八十歳を越えているため、術後のリハビリにもかなりの時間を要することになった。幸いなんとか健康を取り戻したので、頑張ってきた俳句を本にして残したいと強く思うようになった。

折りしも三番目に私の尻を叩いたのは、昨年初めから始まった新型コロナウイルスのまん延だった。高齢者で基礎疾患のある私は、自粛の日々を過ごすようになってしまい、その日がな日々を句集のまとめに熱中することにした。

この句集『木曽の空』に抄出した作品は、大半が「梅檀」誌上に載せていただいたものだが、俳誌「角川」や「俳句界」、一部「明日の友」の俳壇に入選した句などで構成した。さらに長年書き溜めたエッセーの中から、俳句に纏わる一遍も入れて載せた。装丁と挿し絵は、信州に在住している長女に依頼した。

令和三年八月吉日

立松　修治

立松　修治（たてまつ　しゅうじ）

一九三八年　東京都生まれ
一九六二年　立教大学経済学部卒
「梅檀」同人　俳人協会会員
著書（短編・エッセイ）『ハッスル商店街の人々』03年『小江戸の街の人々』05年『青い空』09年 以上 そうぶん社出版、『春の予感』06年 文芸社

現住所　〒一七九 - 〇〇七四
東京都練馬区春日町一 - 三八 - 八

句集　木曽の空

令和三年十月十日　初版第一刷発行
著　者　立松　修治
発行者　飯塚　行男
発行所　株式会社 飯塚書店
http://izbooks.co.jp
〒一一二-〇〇〇二
東京都文京区小石川五-一六-四
☎ 〇三（三八一五）三八〇五
FAX 〇三（三八一五）三八一〇
印刷　日本ハイコム株式会社
製本　株式会社新里製本所

ISBN978-4-7522-5014-2